FARBE WILL ICH, NICHT SCHWARZWEISS

FARBE WILL ICH, NICHT SCHWARZWEISS

Verschenk-Texte von
Kristiane Allert-Wybranietz

Mit Fotos der Autorin
und ihres Mannes Volker Wybranietz

WILHELM HEYNE VERLAG
MÜNCHEN

Schutzumschlag und graphische
Gestaltung: Norbert Härtl
Satz: Gloor Satz Repro GmbH, München
Repro, Druck und Bindung: RMO Druck, München
Printed in Germany

ISBN 3-453-05564-0

Vorwort

Mit ihren Verschenk-Texten *Du sprichst von Nähe, Dem Leben auf der Spur* und *Der ganze Himmel steht uns zur Verfügung* hat Kristiane Allert-Wybranietz einen großen Leserkreis erreicht und begeistert. Es sind Texte zu entscheidenden Lebensfragen, Texte, die Mut machen und Kraft geben, vor Problemen nicht zu resignieren, sondern in Eigenverantwortlichkeit das Leben selbst in die Hand zu nehmen.

Jetzt legt Kristiane Allert-Wybranietz ihren vierten Band mit Verschenk-Texten vor. Sie appelliert an unseren Mut, innezuhalten und uns selbst und anderen in die Augen und ins Herz zu schauen. Feinfühlige Farbfotos der Autorin und ihres Mannes Volker Wybranietz nehmen diese Gedanken auf, werden zum bunten Spiegel für Erlebtes und tiefe Gefühle. Ganz bewußt stellt sich Kristiane Allert-Wybranietz mit diesem Buch gegen den Trend unserer Zeit, nur noch die äußeren Konturen von Menschen und Dingen wahrzunehmen und nicht mehr das zu erkennen, was ihnen zugrunde liegt.

Der Verlag

Im Wolkenkuckucksheim

Du meinst
über dem Stoff
zu stehen,
auch über dem
Stoff, aus dem
dein Leben gewebt ist.

Dann kannst du ja
auch nicht wirklich
teilnehmen
und wirst dich
eines Tages fragen:
»Wo bin ich bloß
mein Leben lang gewesen?«

Feste Standpunkte.
Feste Gewohnheiten.
Verfestigte Meinung.
Gefestigtes Dasein.

Leben in einer Festung?

Bildnis so vieler Ehen

Nebeneinanderher,
Verdrängung, Schuld,
Ausreden, Ausbrüche,
Kitten, Vorsätze,
tägliches Einerlei.

Es muß eines der
schwersten Dinge sein,
diese Unliebe zu leben.

Fernsehabend

Im Agententhriller auf Kanal 6,
20 Minuten   4 Tote

in der Kriminalserie auf Kanal 3,
10 Minuten   2 Tote

im Gangsterstreifen, Kanal 9,
ganzer Film, 90 Minuten   3 Tote
plus die des metzelnden
Filmhöhepunktes, schätzungsweise   10 Tote

später auf Kanal 8   5 Tote

auf Kanal 1   2 Tote

auf Kanal 16   6 Tote

beim Programmspringen zwischen
den Sendern noch erwischt 4 Tote

in den Nachrichten-Meldungen
blieben es konstant den Abend über 21 Tote

das macht an einem Fernsehabend 57 Tote

Am nächsten Morgen äußert sich
in der Zeitung ein Experte besorgt über
die »zunehmende Bereitschaft
zur Gewalt«.

WEN WUNDERT'S!?

Gefühlsfreie Zone

Oft bemüht sich
ein Partner,
setzt alles daran,
eine Partnerschaft
im Sperrgebiet der
Gefühle zu leben.

Das macht ja geradezu Lust,
auf eine Mine zu treten,

in Liebe zu
explodieren.

Brief an einen Freund

Du versuchst immer noch, ein Bild von dir
zu verwirklichen, von dem du weißt,
daß es dich nicht zeigt.
Viele haben mitgewirkt, dieses Bild zu entwerfen.
Eltern, Lehrer, Freunde, Bekannte, Medien, Werbung.
Wie lange schon versuchst du verbissen, dieses Bild
darzustellen, dem Entwurf gerecht zu werden!

Die Einsicht, die du im Innern spürst,
daß dieses Bild dir fremd ist, dir möglicherweise
überhaupt nicht gefällt, und die Erkenntnis,
daß du diesen ersten Entwurf nie ausfüllen wirst,
machen dir Angst.
Die, die ihre Träume (oder Verantwortungslosigkeiten)
in dir verwebten, könnten dich zum
Versager stempeln.
Auch das macht dir Angst.

So bist du so beschäftigt, zu verbergen,
wie du wirklich bist.
Das verbraucht die Kraft, die du für deine Stärken,
deine Bestimmungen und deine Lüste brauchst.
Unsicherheit ist stets dein Begleiter. Und die Angst,
entdeckt zu werden in deinem falschen Spiel.
Du belügst sie alle und betrügst dich um dein Leben,
um deine Lebendigkeit.
Warum bist du so sicher, daß du als der,
der du wirklich bist, keinen Beifall erhältst.
Hast du es je versucht?
Glaub mir, es ist höchste Zeit,
dein eigenes Bild zu malen!
Fang endlich an! Mach den ersten Pinselstrich!

Immer Mensch

Kinder, Jugendliche, Erwachsene,
Senioren. Reiche, Arme, Mittelstand.
Pastoren, Zuhälter. Arbeiter, Manager,
Künstler, Beamte.
Schickimickies, Rocker, Punker,
Skinheads, Popper.
Lebemänner, Philosophen, Politiker,
Präsidenten, Knackies, Psychologen,
Mütter, Väter. Aussteiger, Einsteiger.

Es bleibt im Vertrauten
immer »nur« ein Mensch
übrig.

Diese Erfahrung
macht mir Angst
und gibt gleichzeitig
Hoffnung!

Gedanken zu einem Abschiedsbrief

Ein schriftlicher Abschied
von dir per Post.

Doch
was,
wenn wir
uns
gegenüberstehen?

Mit all den Gefühlen,
der Vertrautheit und Erinnerung.

Du willst keine
nahe Beziehung,
sagst du,
Freiheit geht dir
über alles!

Doch frei, mein Lieber,
bist du noch lange
nicht, auch wenn du
partnerlos bleibst.

Es gibt Zeiten,
da möchte ich
meine Gefühle anschreien:
»Los jetzt,
kleidet euch in Worte!«

Doch auf dem Ohr
sind sie taub
und bleiben
erbarmungslos nackt.

Früher Liedertext

Kleine Frau am Herd,
ist dir dein Leben nicht mehr wert,
als kochen, putzen, waschen
und manchmal einen Dank zu erhaschen?

Du hast nur einmal diese Stunde ...

Hey, du, der jeden Abend an der Theke steht,
der stets als letzter geht,
bist du denn schon so leer,
gibt außer Alkohol dir gar nichts mehr?
Mit deinen Augen schaust du glasig in die Welt.
Ich glaube nicht, daß die deine dir so gefällt.

Du hast nur einmal diese Stunde ...

Kleines Kind im Sand,
bald hast auch du erkannt,
in dieser Welt von heute
gibt es viele leere Leute.
Werd' du nicht so wie sie,
deshalb vergesse nie:

Du hast nur einmal diese Stunde.
Die Zeit läuft fort, stets ihre Runde.
Du kannst sie nicht anhalten,
aber viel besser gestalten.

Nur keine falsche Rücksichtnahme

Wohlplaziert
zwischen allen Stühlen
habe ich eine Bleibe
gefunden

und gestatte mir die Freiheit,
meinen Weg zu gehen.

Meine Tränen

versiegen nicht
in den Gewässern
der Selbsttäuschung,
stürzen nicht ins
Dunkel der Verzweiflung.

Sie spülen mich frei,
und von Zeit zu Zeit
schimmern sie als
kleine Perlen
der Akzeptanz des Lebens.

Einen Schritt auf mich zu

Ich schämte mich meiner Tränen,
der Trauer in mir.
Also versteckt!

Ich schämte mich meiner Unsicherheit,
meiner Verletzbarkeit.
Also unterdrückt!

Ich schämte mich meiner Begierden,
meines Egoismus.
Also Zurückhaltung geübt!

Ich schämte mich meiner selbst.

Ich schämte mich meiner Unangepaßtheit,
meiner rebellischen Ader.
Also heruntergeschluckt.

Da bekam ich Angst.
Angst vor Entfremdung.

Supermarkt

Heute im Angebot: »Vorurteils-Pflanzenmargarine«.

Außerdem besonders günstig
ein Posten Luxusseife »Selbstsucht«.
Ein großes Stück extra für Sie.

Unsere ständigen Preisknüller:

1 A Whiskey, 12 years old,
Marke »Gleichgültigkeit«.

Das große Schimpfwörter-Buch
und unser Bestseller »Intrigen – leicht gemacht«.
Beide Publikationen ab 6 Jahre.

500-g-Beutel Nudeln »Eine wie die andere«.
Superb von der Firma Gebrüder A. N. Gepaßt.

Restposten von Freiheit, Liebe,
Verständnis, Toleranz finden Sie
am Grabbeltisch.

Vorsicht, Satire!

Keines der
auf dem Markt
feilgebotenen
Dichtmittel

wirkte in
meiner Seele.

Seit ich die
Dichtversuche
eingestellt habe,

bin ich
Dichter.

Eigentlich war Zuneigung vorhanden

Ich frage mich,
was du in
meinen Augen
gesehen hast.

Ich weiß nur,
meine Unsicherheit
konntest du nicht
darin lesen;
dafür habe ich
– gut trainiert –
viel zu souverän geschaut.

Erst
der
Konflikt
lockert
verkrustete
Erde
der
neuen
Saat.

Überflüssig geworden
– Fragmente aus der Kindheit –

Die Hemmschuhe,
die mich im
Leben behinderten,
trage ich an meinen Füßen.

Wer immer
sie mir
geschnürt hat!
Jetzt muß ich
mir nur die Mühe machen,
sie auszuziehen.

Achte das Leben Schütze das Leben

– ansonsten lebe,
was aus dir herauskommt,
werfe es nicht
durch die Filter
verschiedenster Wertmaßstäbe,
und stecke vor allem
dich nicht ständig
in deine innere Zweifelsmühle.

Negative Impression

Aus Wiesen wird Brachland.
Statt Aroma gibt es naturidentische Stoffe,
statt Nahrung – Fast food,
statt Unterhaltungen – Fernsehen.

Aus Menschen werden Leute.

Zeitgeschehen

Geiselnahmen
Brutale Morde
Brandsätze gegen Menschen

Betrug
Gewalt
Haß
Krieg

ist alles nur im Fernsehn
kommt alles nur im Radio
steht in der Zeitung

aber
mit uns
hat das
doch nichts zu tun!

Engagement gegen Gewalt
Gegen Ausländerfeindlichkeit
Gegen Haß
Gegen Krieg

Mut zeigen
für eine
bessere Welt

Das Miteinander leben

ist alles nur im Fernsehn
kommt alles nur im Radio
steht in der Zeitung

aber ...

Wirtschaftliche Berechnungen – für meinen Vater –

Verbrauchte Menschen
werden ausgewechselt
wie ausgediente Sicherungen.

Doch sind sie niemals
so »verbraucht«,
daß sie den Schmerz
des Abgeschobenseins
nicht mehr spüren.

Dein Leben – dein Auftritt

Du kannst weder
den Zeitpunkt der
Vernissage
noch den der
Finissage bestimmen.

Das Werk dazwischen
mußt du selber
schaffen!

Kleinstadt-Idylle

Vor allem Mißtrauen
in den Gesichtern.
Selbst bei Kindern schon.

Im Wegschauen ist man geübt,
hat zu allem was zu sagen,
stets nur hinter der
vorgehaltenen Hand …

Hypochondrie

Ich erlebe
Himmel und Hölle.

Betrachte die Höllenstationen
ausgiebig wie Touristen »Notre Dame«,
banne die schlimmsten Szenen
auf Erinnerung
und gehe langsam, gemächlich,
nichts übersehend.

Fliege achtlos durch den Himmel,
flüchtig eher,
Details schnell vergessend.

Persönlicher Bericht vom Umgang mit der Angst

Manchmal räkelt
sich die Angst
in voller Breite
auf meiner Seele
und in meinem Denken.

Dann muß ich
erneut aufbrechen,
sie auf ihren Platz zu weisen.

Niemals darf sie mich ganz beherrschen!

»Betriebsanleitung« für gewisse Zeitgenossen

Wo sie am lautesten schreien,
werden sie am wenigsten handeln.

Wo sie eilfertig zustimmen,
zählen sie im stillen schon
ihre Vorteile und feixen über
deine Verluste.

Dort, wo sie »wenn und aber« zetern,
drücken sie sich vor Verantwortung
oder haben einfach kein Interesse.

Wo sie betroffen schweigen,
lauern gierig geschwätzige Zungen,
um das, was scheinbar betroffen machte,
zu zerreden.

Wo sie sich am heftigsten wehren,
sei wachsam!
Dort sitzt ihre Angst.

In jahrelanger
Kleinarbeit
hast du dich
gründlich
verbiegen lassen –

und ich verstehe,
daß du überfordert bist,
erwarte ich von dir
Geradlinigkeit.

Psychosomatische Kausalität

Ich leide
zeitweise
unter
Schwindelanfällen.

Diese stehen im
direkten Zusammenhang
mit Fällen in meinem Leben,
wo ich versuche,
mich gründlich
zu beschwindeln.

Radikal

Es reicht nicht,
wenn Einstellungen,
Ansichten und Lebensführungen
geändert werden –

Vor allem muß gelten:
Raus mit den alten
Schuldgefühlen!

»Fundsache«

Ich wollte
keine
neue Liebe.

Doch als wir
uns begegneten,
war »wollen«
bedeutungslos.

Judas

Wenn das,
was du tust,
was aus dir herauskommt,
nur das ist,
was andere von dir erwarten,

bist du
dein eigener
Verräter.

Notlösung?

Viele scheinen
bei sich nicht
richtig zu Haus
zu sein.

Sie wohnen
in sich selbst
nur zur Miete.

Nicht immer

»Laß dich nicht
gehen«,
sagt man so.

–

sicher,
es gibt Situationen,
da ist das ein
guter Rat,

aber,

immer an die
eigene Leine
kann ich mich
nicht legen.

Heckenrosen-Gedicht V

Du bist verstrickt in
Wünsche und Hoffnungen
deines Lebens,
verknorpelt sind die
Verwachsungen deiner
Erfahrungen.

Und ich habe das Bedürfnis,
unendlich zärtlich
zu dir
zu sein.

An dich in deinem armseligen Königreich

Aus einer anderen Perspektive schauen,
Argumenten zugänglich sein,
neue Einsichten gewinnen,
andere Meinungen akzeptieren.

DAS KOMMT NICHT IN FRAGE
bei dir, du verarmter,
absolutistischer Herrscher
über engem Horizont.

Nach vielen Gesprächen – was übrigblieb –

Keine Träume mehr.
Sondern du.

Ein echter Fund!

Liebesgedicht

Ich will den Himmel
nicht von dir
und die Sterne von dort
schon gar nicht.
Sie gehören nicht dir.
Und nicht mir.

Ich will keine Artigkeiten
und schönen Worte,
wenn sie nicht echt sind.

Und sag mir, was soll ich
mit deiner hübschen,
sorgfältig hergerichteten
Fassade, wenn sie doch
nicht hält.

Ich will dich,
wie du wirklich bist.
UND DAS IST VIEL!

Unsere Ängste
knallen uns
gegen die Begrenzungen
unseres Daseins.

Die Verletzungen
schmerzen brutal,
weil wir wissen,
daß wir es sind,
die die Begrenzungen bauten,

daß wir es sind,
die diese Barrikaden halten.

Reden statt leben?

Deine Argumente,
Thesen und
Ideologien
benutzt du als
Bollwerk.
Stark! Sicher!

Charmant-kompetent
vorgetragen
deine Barrieren:

These für These.
Sandsack für Sandsack.

Dahinter sitzt
du zitternd.

Zuweilen
wäre mein
liebstes Gedicht

schweigen.

Nachdem du gegangen warst,
steckte mich der
Zweifelsteufel
gleich in seinen Kessel,
und mein mangelndes Vertrauen
zu dir, vor allem aber zu mir,
lieferte die Zutaten
für eine bitter-süße Suppe.

Mut zu neuen Wegen

Sich selbst
Lehrmeister sein,
wagen wenige,
denn wem sollte
man klagen, wen schuldig sprechen,
war es der falsche Weg,
den man ging.

Wegbeschreibung

Wenn du mich
wirklich antreffen möchtest,
suche mich nicht in
den Räumen deiner Illusionen,
auf den Treppen deiner Taktiken,
in den Windungen deiner Unsicherheit.

Komm direkt in mein
Reich der Ehrlichkeit.

Dort wirst du mich finden!

Fingierte Probleme zweier Worte

Von Zeit zu Zeit
drängelt sich »Ja« vor,
und »Nein« ärgert sich,
so sicher ist es,
es sei an der Reihe.

Dann wieder fühlt
»Ja« sich deprimiert
und unterdrückt,
denn »Nein« hat sich
schnell in Szene gesetzt,
obwohl eindeutig »Ja«
seinen Auftritt hatte.

Nicht »Ja« und »Nein«
sind schwach oder
im Streit.
Immer nur der Mensch,
der sich nicht traut.

Gestatte mir,
von dir gefesselt
zu sein,

doch bitte
versuche nie,
mir deine Fesseln
zwangsweise
anlegen
zu wollen.

Verluste oder geh endlich los

Deine kleinen und großen
Wünsche ans Leben
läßt du dir
– ohne Versuch
der Realisierung –

von deiner Unsicherheit
aus der Hand fressen.

Das ist mein Ziel – immer wieder –

Sinn
Lust
Würde
Klang
Gefühl
Liebe
VOLLES LEBEN.

Hoffnungen

– wie kleine Silberfische
schwirren sie
durch unsere Leben.

Der Fuß, der sie schont
oder zertritt,
gehört der Dame
Schicksal.

Sehnsucht (mal ironisch)
– Ein imaginärer Brief an Dich –

Ach, weißt Du,
es ist nur
dieses kleine bißchen Sehnsucht,
das mich durchbohrt
wie eine Lanze.

Das wird vorübergehen,
muß ich mich trösten.
Du wolltest heute kommen
und bliebst fort.
Kein Wort, keine Nachricht,
kein Zeichen.

Nun,
es ist nur dies
kleine bißchen Angst,
das mich trifft wie eine Kugel.

Dieses kleine Bißchen
in dieser großen bunten Welt.

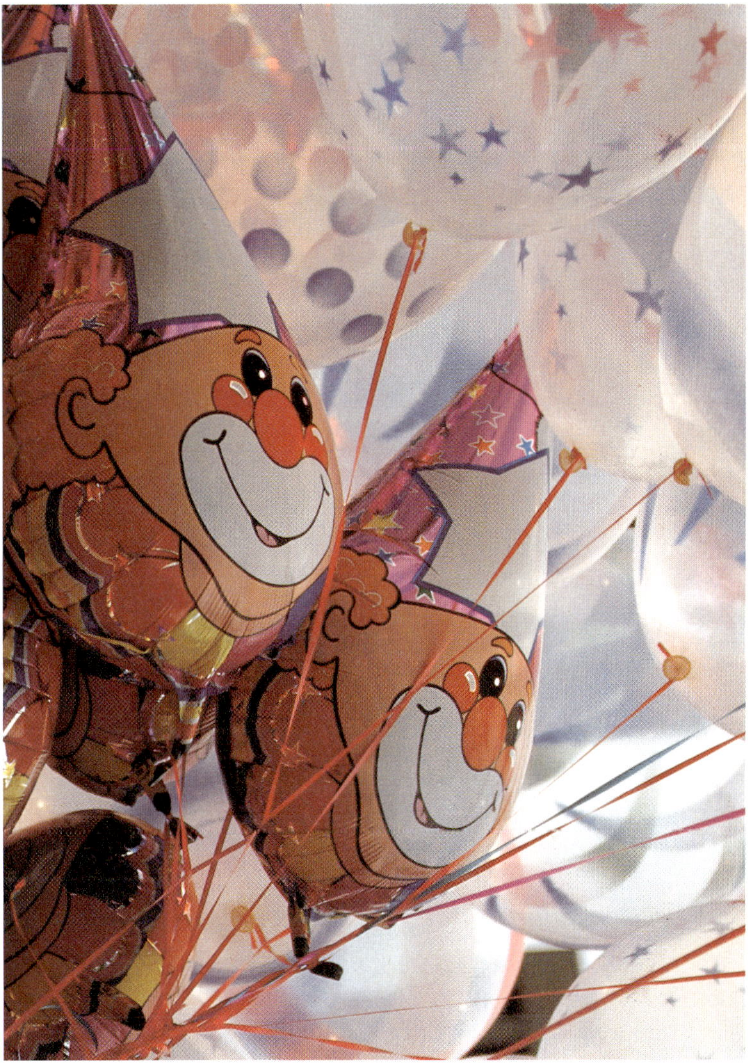

L'Europa unita

Il compito più urgente:

Protezione della vita.
Protezione della natura.
Rispetto e tolleranza
dell'essere diverso.

Europa unida

A tarefa mais urgente:

Protecção da vida.
Protecção da natureza.
Respeito e tolerância
pelo ser diferente.

Geeintes Europa

Dringlichste Aufgabe:

Schutz des Lebens.
Schutz der Natur.
Achtung und Toleranz
des Andersseins.

Ενωμένη Ευρώπη

Το πιο επείγον καθήκον:

Προστασία της ζωής.
Προστασία της φύσης.
Σεβασμός και ανοχή
του διαφορετικού.

Verenigd Europa

Meest urgente taak:

Bescherming van het leven.
Bescherming von de natuur.
Respect en tolerantie
tegenover het anders zijn.

Une Europe unie

Les tâches les plus urgentes:

Protection de la vie.
Protection de la nature.
Respect et tolérance
de l'autre.

A united Europe

The most urgent task:

Protection of life
Protection of nature
Respect and toleration
for the right to be different.

Europa unida

La tarea más urgente:

Protección de la vida.
Protección de la naturaleza.
Respeto y tolerancia
de lo foráneo y fuera de lo
común.

Forenet Europa

Vigtigste opgave:

Beskyttelse af livet.
Beskyttelse af naturen.
Respekt og tolerance over for mennesker,
der er anderledes.

Erinnerung
als blasses Laub
darf das Heute
nicht beherrschen.

Sie deckt die
jungen Triebe zu
und hindert deren
Entfaltung.

Gib dem Leben eine Chance!
Heute!

Viele leben so verkrampft

Was
nicht frei fließen
kann,
verliert
seine Kraft.

Konsequenz in Sachen Leben

Ich akzeptiere
für mich kein
angepaßtes Leben,

schaffe mir tagtäglich
Leben, ganz persönlich
auf mich
zugeschnitten.

Bitte keine Inszenierung draußen vor der Tür

Ich will dich,
wirklich dich,
in deinem Leben
treffen,

nicht vor
deiner Fassade
mit dir plaudern.

Impression

Treibhaus-Rosen,
perfekt gezüchtet,
duften selten.

Ähnlich empfinde
ich dich,
durchgestylter Darling.

Rendezvous

Es war schön,
mit dir zu sein,
doch schon am Abend,
mit dem die Nacht begann,
wußte ich,
danach wird dieser Traum
sein Leben aushauchen.

Befreiung

Du mußt Konflikte
lösen –
mit anderen
und von dir,

sonst kleben sie
an deinem Leben
wie blutsaugende Egel.

Allen voran hast du dich selber getäuscht

Dein Haus
schien gebaut
aus Granit.
Dauerhaft, starr,
undurchdringlich.
Und doch war es
nur Leichtbauweise.

Partnerschaft

Loslassen –
dazu bin ich bereit,
aber ich brauche
die Freiheit,
mich festhalten

zu können.
Von Zeit zu Zeit.

Dazu habe ich
NICHT IMMER
die Kraft.

Leben
Leben
Leben
Leben
Leben
Leben
Leben
Leben
Leben
Leben
Leben
Leben
Leben
Leben

Leben
Leben

... was denn sonst! ...

16th anniversary

Immer wieder
gehen wir hinaus
– jeder für sich –
in seine eigene Welt.

Vertrauen ist
die Brücke,
die unsere
Gemeinsamkeit
trägt.

Falscher Umgang mit dir selbst – für K. –

Auf deine vermeintlichen
Schwächen und Makel
knallst du das Licht
von Punktstrahlern
und bist so geblendet,
daß du deine Stärken
nicht mehr zu erkennen
vermagst.

Verschwendete Energie!

Lebenslust und Lebenslast
Liebeslust und Liebeslast
gehen ein und aus bei mir
wie zwei alte Bekannte.

Dazwischen findet man mich
manchmal doppelbelastet,
aber lebendig liebend
liebend lebendig.

Lautstärke überzeugt nicht

»Verständnis, Verständnis
über alles!«

– Laut genug gesungen
kann es Konflikte
übertönen,

bis eines Tages
diese noch lauter
nach Lösungen schreien.

Schatzsucher in eigener Sache

Lange lebte ich
nach fremden Werten.
Werte meiner Erzieher,
der Gesellschaft,
der Kirche.

Jetzt lege ich meine
eigenen Werte frei.

Verwischtes Dasein

Irgendwann
hat er die Spur
zu sich selbst
verloren.

Seitdem
humpelt er
sich
ständig hinterher.

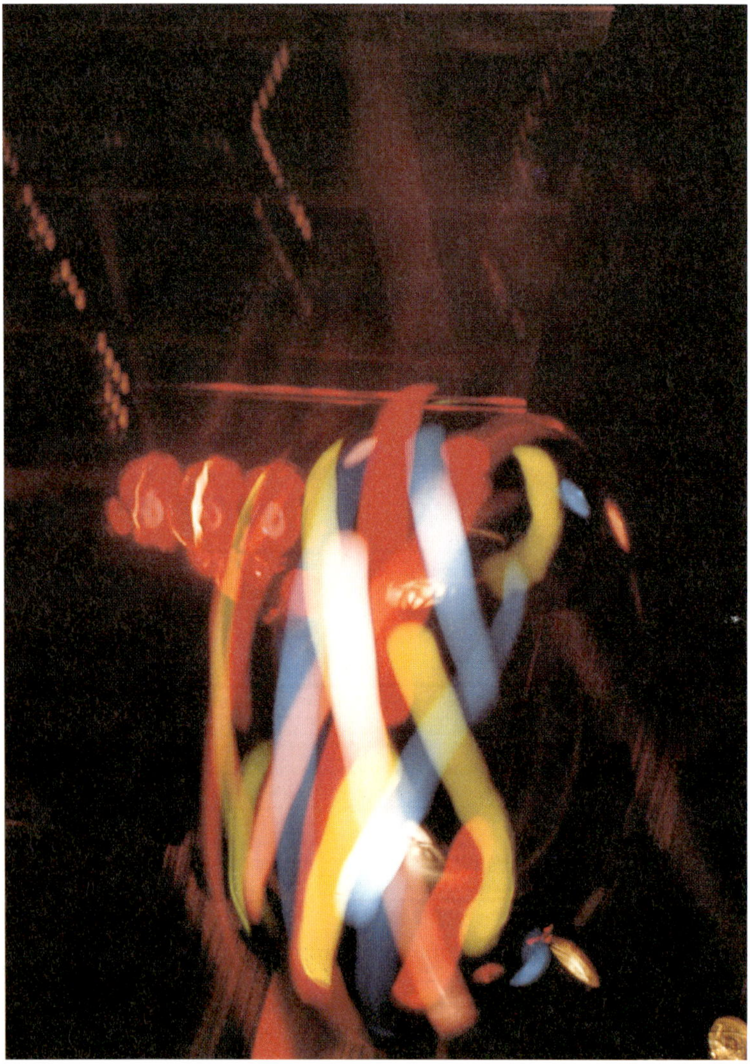

Alles findet ein Ende.

Dort, wo wir angefangen
haben, aufhören?

Wir sollten weitergekommen sein.

Aber wohin?

Dorthin,
wo nichtssagende Gesichter
und Neonreklamen grell leuchten
und wo ebenso nichtssagende
Worte gesprochen werden?

Weiter!

Du irrst schon
lange verbissen
im Gestrüpp deiner Ängste,
im Sumpf deiner Trägheit,

bist weit abgekommen
von deinem Weg,
daß ich beinahe verstehe,
wenn du meinst,
nein, überzeugt bist,
dieser schlammige,
trostlose Pfad
sei dein Weg.

Trink nicht mehr
von dem Wasser der
Selbsttäuschung,
iß nie wieder
von den Beeren der Lüge.

Verlaß das Sumpf-
und Brachland,
und mach dich auf,
die fruchtbaren Felder
deines Lebens
zu finden und
zu bestellen.

Kommunikationsstörungen

Wir mißverstehen
uns
in Worten,

den ausgesprochenen
und den verschwiegenen.

Jeder Mensch
trägt alles in sich.
Ganz junge Keimlinge,
zarte Pflänzchen,
schönste Blüten,
reife Schönheiten,
Verblühtes und
Verwelktes.

Leben und Tod.
Verwelken und Keimen.
Rückzug und Aufbruch.

Reden ohne Barrieren –
Schweigen ohne Anspannung –
Vertrauen ohne Vorbehalt –
Geborgenheit ohne Bedingung.

Auch deshalb
liebe ich dich.

Hinterher warst du verwundert

Du mußtest scheitern
beim Versuch,
unsere Liebe
in eine Form zu bringen.

Du kannst Materialien
– Bronze, Stein, Holz –
skulptieren,

jedoch nicht
meine Gefühle!

Verlangen

Ob meine Hand
in deiner liegen wird?

Die Antwort (und die Hand)
kann ich nie finden,
gehe ich nicht zu dir
und
trete den Wirren meiner Angst
entgegen,
räume meinen Gefühlen
eine Lebenschance ein.

Farbe will ich, nicht schwarzweiß

Farbe im Denken.
Farbe in der Seele.
Farbe im Gefühl.
Farbe in der Liebe.

Farbiges Leben!

Junk-Food

Viele achten nicht
auf gesunde Ernährung.
Sie stopfen gedankenlos
in sich hinein.

Viele prüfen nicht,
was Medien an
sie verfüttern.

Geistige Verstopfung!

Helfer-Syndrom

So mancher meint,
eine Freundschaft zu
pflegen;
tatsächlich
freundet er sich
mit einer Pflegschaft an.

Liebeserklärung an das Leben

Nie will ich aufhören,
Enklaven der Liebe
zu schaffen,

auch wenn ich
nicht stets
– nicht einmal so oft ich möchte –
in ihnen weilen kann.

Einfache Einsicht, doch schwer zu leben!

Liebe
ist immer
unsicher
in Vergangenheit,
Gegenwart
und Zukunft!

Überbeanspruchung – oder Ausnutzung –

Gern war ich bereit,
dich aufzufangen,
wenn du schwach
dich einfach
fallen lassen wolltest.

Doch habe ich nicht
die Kraft,
bei jeder
kleinen Turbulenz
dein Abfangjäger
zu sein.

Trauriger Anblick

Du wirkst wie
ein Friedhof
nie gelebter
Hoffnungen,
Wünsche und Träume.

Mutlosigkeit
ist der Grabstein
über jedem
nicht gewagten Gefühl.

Aus der Verantwortung gemogelt?

Therapie-Erfahrungen
als neue und einzige
Lebensgrundlage nutzen.
Theoretische Grundsätze
als Gravur in die
Seele geschliffen,
verfallen manche
der Illusion,
so für immer gewappnet
dem Leben begegnen zu können.

Mut zum Adieu

Du spürst
die Zeit zum Abschiednehmen.

Versuche nicht
– so krampfhaft –
zu retten,
wiederherzustellen,
was nicht mehr
existiert.

Es tut weh.
Mehr nicht.

Der Wald der
Menschlichkeit
– verwildert –
liegt beschaulich da.
Nur wenige Besucher.

Die meisten ziehen vor,
in den gepflegten Parks
des Konsums
– steril –
nebeneinanderherzuwandeln.

Selbstvertrauen
– Steh zu dir –

Oft traust
du dir nicht,

und folglich
traust du
dich nicht!

Kristiane Allert-Wybranietz

wurde 1955 in Obernkirchen (Niedersachsen) geboren und lebt dort noch heute mit ihrem Mann. Mit ihren Verschenk-Texten wurde sie die erfolgreichste Poetin der achtziger Jahre.

Im Wilhelm Heyne Verlag erschienen von ihr bisher sieben Bücher, zuletzt *Schweigen brennt unter der Haut.*

Kleine Brücken in der Anonymität des Alltags, Ausdruck von Gedanken, die viele bewegen: Poetische Texte von unbekannten Autoren, gesammelt und ausgewählt von Kristiane Allert-Wybranietz. Ungewöhnliche Anthologien für Menschen, denen Gefühle wichtig sind.

Schweigen brennt unter der Haut
Poetische Texte
ISBN 3-453-04772-9

Abseits der Eitelkeiten
Poetische Texte
ISBN 3-453-00020-X

Wir selbst sind der Preis
Poetische Texte
ISBN 3-453-03219-5

Ich. Du. Wir.
Menschen im Geflecht
ihrer Beziehungen.
Gedichte und Gedanken
von Kristiane
Allert-Wybranietz.

Du sprichst von Nähe
Verschenk-Texte
84 Seiten
ISBN 3-453-02295-5

Dem Leben auf der Spur
Verschenk-Texte
96 Seiten
ISBN 3-453-00549-X

**Der ganze Himmel
steht uns zur Verfügung**
Verschenk-Texte
96 Seiten
ISBN 3-453-03986-6

WILHELM HEYNE VERLAG
MÜNCHEN